誰何

関中子

思潮社

誰何

関中子

思潮社

目次

装幀＝思潮社装幀室

誰何

「一人の人に深く真実であるところのものは　いっさいの人にもそうである」

（『ロダンの言葉抄』岩波文庫）

楢と竹

竹よ　竹よ
そんなに風を振り回さないで
おまえは　わたしを叩いている

空に

雨の日も風があってさ
濡れた皮膚がきらめく
今夜の空は月の片側の分だけ
小指の先が湿るよな

夜のこれから

現れる
月明かり　微細漂う
怒る　動く　音を立てる
ベッドから落ちる
夜のこれから
霞になってわたしに食べられる

夜雷

夜が吹っ飛んでしまいそうだった
だがその後は何事も起こらない
終わったのだ

テレビをつける
なんでも鑑定団の正月分を見た
再放送

土手の風景

雨が昇る
恋人たちは短い間　土手に並ぶ
陽をなごませる木を離れる
葉のように雲が空を去る
風が抱いているのね
土手が消えても
空は青いまま　ゆるがせまいよ
恋人たちは短い間　土手に並ぶ
わたしと語る
あなたをいろいろな層に隠して
だれか　いるの

イワシ雲

だれか迷子か　イワシ雲
夕食のおかずは秋刀魚がいい
生きた直後がいい
お腹がすくまで待って
用事をこしらえて
冷蔵庫にもう一つの梨の半分を入れてある
あなたはわたしのことばを追いかけてくる
あなたはあげることばを持たないわたしから
ことばを持ち出す
夕食のおかずはおいしい秋刀魚がいい
そこでわたしは駅から快速で帰れなかった

あざやか

青い節々は輝く
竹の子を掘る　ついと現るる
（おまえはいつまでそこにいるんだい）
今は終わったこと
竹の秋が来る
スコップを握れば　ついと笑む

わたしの季節はもうそこだ
波紋を散らし彼は窓を横切った
窓は輝く　そしてどこを照らしたか
「行くよ」

（おまえはいつまでそこにいるんだい）

竹の秋が来た
わたしは土を掘る
わたしは竹の子を掘る
すばらしく晴れた青い日
（ほんとうに行ってしまった。）

雨降りの日に?

どこかに消えてしまう人であります
空白に
満ちる青です
空か　空ね　空だ
空か　見あげる　空か
町は走り　蜜を買いつける
あるかい空が　あかるい空が
夜はなく雨は問われず　町は青
いや　君の全生涯に　青空を提供します
色　ひかり　暖かさ　おいしさそして心地よさも
どこに行っても同じように生まれ
ですから　死亡広告を予約してください

遠くへ

夜中の目覚め
ゆっくり寝間を離れ
あなたもわたしも気にしなかった
わたしがこんな遠くに来たなんて
あなたがこんな遠くに来ていたなんて
まあまあ　こりゃあ　凄腕ものだね
まだ一度も踏み外していない
たいしたものだ　それに
わたしは
まだ
遠くへ行けそうなんだ

さて　何をしよう

遅くはあったが
長くゆるい坂道で
むらさきのはちすの花が咲きそろう
夕べの風に
ちょうどわたしが
ひとりになって帰った日

空

なんだか好きになってしまう

回想

きょうはすばらしい
空はすっぱいすっぱい青ずっぱい
家々は建築中
上瞼に赤い小さな秋
町への景色が深まり
すみっこに正体不明の影がちらつく
虫にさされたわたし自身の肉に違いない
まもなく電車が地下に潜ってしまうのが惜しい
ほこほこほこほこ　しばらくしばらく　地中で
陽を眼の裡に閉じ　あったかい背中はわたしのものだ
ならば

わたしのみんなが言っている
わたしはみんなとともに快気祝いができそうだ

左手首の話

小さな秋の丘がふくらんでできあがる
きれいに赤くなって
時を閉じた

母の綱渡り

たぶん、わたしといること
それだったのだ
兄をなくしたとき　わたしは
それを　奇妙なそれを知った

わたし

二本足で
踏んだ今日
見かけよりずっと
重い
だからきのうはつぶされ
もうかすかにしか跡が残らない
事なしになるか　よし！
今日を歩く

本屋でいろいろな本を見る

コーヒーをすすり
外にはなんとたくさん　しかも異質な本がある
信号待ちの群れが動き
本は流れだす

あれを一冊
本屋のレジで支払う

知らんのか　知らんのか
春の日差しにめくられるページの軽さ
一冊の残り香　本の深呼吸
町にいる

猫に会う

氾濫を
彼と彼女が居間の
雪の時計にきざむ

贈答品を
つつむ

太った猫が
人間時間の八時間を
「もう三十二時間だぜ」
目をつりあげてせせら笑う

くぬぎの新芽が
南の
海草のように空を漉かした

彼と彼女は家を去る
戸を閉めたのは誰を入れたくないからか

居間の時計は風にあらわれ床にねむる
太った猫が
「おれの寝床にもならない」
踏み越える

鳥

足もとに
夕べ　訪れ
風を知る草の道に
ひかりを選ぶ実が群れ
はるかはるかにやわらかい
自身の翼を聞きながら
あてある草を浮かべ
こぼるるや
草になる

白い石

動いた
白い蝶になった

空は青い
風が白く見えた

白い石が見ていた
微動もせずに
いち早く動いたものを

無題

捨てたのに
あふれたことだった
手帳に水をこぼしてしまった

できあがり

いったい　いつになったら
できあがるんだろう
この間　こっちだよ
そう言ってくれたのに
そうだねって　答えたのに
そして一緒に歩いたのに
きょうになったら
もっとあっちだなんて

友へ

空に
見事な湖沼群
空にいっぱい鈴は鳴り
勢い　きのうを突き破る
四角い庭の乱気流
測量開始
一本の
樹の寿命がかかっている

太陽の母

久しぶりにおととしの陽ざしだねえ
贈りものが輝いている
太陽の母は
生まれた頃よりいくぶん年を経た
そこで　当然の死について
たまに思いを馳せる　死を
太陽に生まれさせるのが良いだろうか

黄蝶

ひどい秋もついに深まった
ノコギリクワガタ乾いて歩く
四十雀チュチュッ群れ飛び
ノコギリクワガタ
風を和らげ樹の背を歩く
舌は小道のささやきで
金茶の楢がふわり
蝶の青い黄を生き生きさせる
紅と緑のあざやかな背景
その後ろは竹の観衆
何をみんなは求めている

こんな深秋も今年かぎりよ
彼は早くも
二頭になり　生き生き遊んでいる
ちらちら鱗粉かけ合って
ちらちらわたしを惑わせて
ノコギリクワガタ乾いて歩く
誰かが通ったようで安心する

車中　席取り

（お控えなすってぇー）
隣の人が降り
わたしの番が来た
若い男
彼の身体は若さでうねり
あったぁー
（これは奥様）
（そうよ　若い男よ）
わたしはすでに坐っている
隣の人のお尻の後はまことに温かい

眠りが目的地であった

電車が動いた
色づきはじめた銀杏がいつ燃えあがるか
いつ眼を閉じたのか
色づきはじめた眼を開けると
隣の座席の男が妙に端正な素振りで
両手を色落ちしたカバンにかけていた
男の口が細かく動いてガムを嚙む
わたしがニヤッとしたら
駅についていた
銀杏の木はなかった

雷鳴がやんで――青空献上したし

塗装幕がはずされ
中学校が　ふふ　白い
山の上の雲が透けて白い
すき間に淡く青点が
雲の湿原に記録的な数
空を繕う真珠　蜘蛛の巣の輝き
湖沼をつなげて
青川走る
奥へ　奥へ　深い
空は広い
白い中学校を大きく見せて

雷鳴見返り一声　青空献上したし
あかりをつける
静かな町に
人が還る

どうしようもなく

おだやかな　会話の後で
空はとっても澄んでいました
さようならの連続線上です

夜がこれから

息吹けば
風ほのか
霞が夜
わたしは何かを聞きだしたいが
わたしより早くあなたは眠る
ことばを与えない

愛しておくる今日の朝

遠い世界を見てきたようにことばが
今朝も隣家の戸を開ける音に
まぶたでひかり
胸を打つ
「書かれずに………
………いられない」

おしまい

このリュックはもうおしまい
荷物を丁寧に入れ直し
ゆがんだ小さい山をなだめ
越えて行かなくちゃ
そうよ　そうよ
ぱかっ
口を開いた
このリュックはもうおしまい
風をぱかぱか吸っている
手を回して
おんぶ　おしまい

庭でおいていかれそうになる

庭じゅう
花　咲いてしまった
芽
みんな芽吹いてしまった
しまった
しまった

いまさらとりかえしなどできない

波打つ庭
ゆく人

この家はおいていかれるの

きのう　少女を見た

とてもきれいな少女を見た
日吉行きの電車
ドア横にもたれる
まるい大きなしかも低い鼻が
すばらしく
かわいく
顔の中央からすみずみまで
気があふれていた
瞳は語源
波打ってくる　けれど
彼女は車内を全く見ていない

そのうえ　彼女は何もしていない
肌はできあがったばかりのヨーグルトに産毛のさざなみ
やわらかく　異界を流していた
涼やかで　みずみずしい
風になる前の

会話――肉体の水をお寄こし

余波がここにも
弱い風が髪にふれる
一筋一筋を含んでふれる
ほおを保持する水を
そのふくらみごと欲しいね
風で遊ぶさくらんぼの実が映る
瞳にも水がある
いいね
少女をひとぬぐい
澄んだ青色に揺らし
――身につけた水をお寄こし――

風は空から
澄んだ音に聞かせ
ここに夏を留まらせ
容赦なし
ひとりの女に
瞳の水をひとかけらまた絞らせる

海を見たら

彼女が出かけ
外歩きを楽しんだら
今日も外歩きをしたい
行くところが思い浮かばないので
電車にのる
そして茶色い木を見つけたら
次々　次々　茶色い木が現れ
空を下ろした海が波打ってきた
海　海　海
わたしは海に来た

彼女がいない
とんでもない　遠くへ来たようだ

電車にのる
次々　茶色い木が
やがて金色のひかりが
家の屋根も窓も
燃え
燃えつきもせず
燃えつきると思わせもせず

風のこころ

岬に人は立つ
春になったら
旅から
帰ろう

風は
海の底を走りまわり
深いところで波をけたてさせ
道をふさいだ
——人はいつまでも人のつもりなんだね

春になって
帰ろうとしたけれど
これからは
いつもいつも
帰る道はないのかもしれない

風が吹いた
雲は空のいろいろな深さで　姿を結び移りゆく
地上に降り空に放たれ　何度も風と漂い雲になる

これくらい

深い青に誘われる
一枚の枯れっ葉のようにシーツにひっついて
うす青い空に眺められる
地上から見えない日にも信じる
空の景が二十一世紀　ここからも変わる
背にするもの　からだを覆うもの　密かに交わる
この青　この陽射しくらいはとどめられるか
酷すぎる夏に奪われ続けの水を一杯
ああわたし臓器を放ち
見えない日を見る
飛ぶ　飛ぶ
蟬の声

蝶はなぜ鳴かないのだろう

まだある空
　また休みたいものだ
　　とうもろこしをもいで
また眠りたいものだ
　　さつまいもの葉っぱで

またある空
　意味もなく日没を迎える
だれにも会いに行かなくって
だれにも電話をかけない
長椅子に転がって
だれも迎えない
だれかになる
これくらい
いいよね

食欲

底を見れば
雲は
足が滑っているね　もうよそに行きませんよ
こっちは身体が透けて胸の秘密がぽこぽこ
目鼻だちが溶ける湯船に立って
ぼんやり
見晴らしにいる狐の姿勢
やがてもう一方の空に入道が浮かんで……
見返る入道は
彼方の尻をぐいぐい引き降ろし
空は雲間に　地に線条痕

風が起こり　空の上の空は雲をかざし
青く目を落とす
　澄んだ美しい名　秋
不意を喰らって　スズムシ　こおろぎ　クサヒバリ
地の波を空へ勇んで打ちかえす
空は海のやり手者　呻く雲のうろこを波にする
わたしは好物のさんまの細身に眼を細める
じつにゆっくり　食欲が湧き
脳内をめぐる
雷音一声
透明度の高い無法を宣す
峰で　みんながそれぞれ自分を空に贈りたくて
西からも東からも見ていた
うさぎやおおむらさきやひぐらしや……
蜘蛛の巣は今年出会ったもの
夏は去った

誰何《すいか》

屋根を歩く音
……
かれは枯葉か枯葉　枯葉かれは
屋根を降りれば
庭をゆくもの
音の影さえ
なめらか

足音を聞いている
わたしを聞いている
わたしを感じて音を置く
わずかの間に

わたしを残そうとする
こうしておまえは歩いている
こうしておまえはやがて行ってしまう

だれか
誰何するのはだれか
屋根を歩くものか
それとも

……

名を喰う音が聞こえる
飢餓の母が児の足を喰うような
秋の冠は壊れ名を通り過ぎる
孤独な一葉の時代も終わる
何ひとつ
変えたことがない庭が
何もかもが変わった庭になり

花火の夜

ひとつの星とひとつの月がちょうど良い具合に天空にいた
電線が天空を切って
その星と月の仲立ちだった
東の花はまもなく見事ばらけて地上へ消えた
風が南から吹いてくるとき
背にした花は涼しく
彼方では背をすっすっ伸ばし山越えの全身を見せる
山向こうは一番近い海
夏の横浜の海よ
「花火」
子どもの声に動いた

影のように人がガードレールにかぶさっていた
わたしと似た姿勢で
不意に背をすっと伸ばし子どもを高くあげ
「花火」
声は低く何かが翳る
一番近い海　夏の横浜の海よ
ひとつの星とひとつの月が細い眼をする
丘の上のマンション群で燃える眼が次々尖る　　けれど行儀よい
泣き叫ぶ
風がピューピュー
川沿いの平地は夜の底の空　星まがいの孤独が灯る
風がそこを通りガードレールに下方からぶつかる
ひかりに囲まれたクレーターを渡る
小高い峰道の見晴らし
わたしは凶暴な風となおしばらく花火を見た
何発か重畳に花火があがった

「終わりだよ」
来たときよりも明るく見える暗い道を帰った
ひとつの星とひとつの月は　そのまま
互いに向きあい続け
電線を降り

ないている

ＣＤのたどたどしい曲の隣で
灯油ストーブがないている
ごうごう
勢いよくだれかを思いだしたくて
ちっとも暖かくなれない
凍りついた空の星は
ほっとしたことがすべての毎日へ今日を打刻する
じーんじーん
電気が部屋を打つ　電気が集められ
夜の道を突っ走って帰ってきたバイクの音

あしたの朝早くまた突っ張るだろう
わたしはラジオをかけて「今日は何の日」を聞こうとして
また寝てしまう

障子窓
開けて朝七時
真っ白な畑や　凍った風が
陽のひかりにとぼとぼほろほろ溶ける
大根の葉っぱが地上の太陽のように力を伸ばす
彼女が　今日も幸せを感じられますように
畑に新しい幸せが生まれますように
だれもがいくつかは乗り越え
いつも明日の顔をつくる
わたしはほほえむ
繰り返しかける
CDの

ＣＤの悲しい明るいたどたどしい
霜が砕けて　ないている
棹をさす
わたしの手
わたしは　約束を忘れていないだろうか
何か　どこかで　何を

灯油ストーブ
もっと　暖かく　もっともっと
空

わたしのこと

そのことなら
まだ歩きはじめたばかりよ
ようやく道が探せるようになったみたい
川を渡って河原をしばらく行っても
道に入って行けそうよ
これという目印が見つからなくても
少し立ち止まって　それから行けそうよ
風の向こうへも
ひかりのちらつくまぶしい中でも
忘れないで行けそう

急ぎすぎると人が言ったけれど
わたしの思う速さに比べたらずいぶんゆっくりよ
水が見えるし
遠すぎる太陽の臥所の方向をあてられるし
ひとつの夜がくるのを感じもできる
何より
あなたが遠ざかっていく速さがわかる
ふいに
あなたが過ごした日々が明らかになってくる
わたしとともに　あなたとともに
できごとはわたしのくちもとに留まり身の内を走り
これまでの砂の軋みを表して水の底に沈んでいく
その道も見える
黄金色の
わたしのこと　いつだって　わたしもわたしを
忘れていなかったのだってこと

急いでいないけれど　優しさがものを包む時間が
必要になった

まだ　あなたは姿を失うほど遠くに行っていない
あなたに代わる何かがさ迷っている　けれど
あしたの朝はまず一番に人を探すわ
あなたでない人　葉っぱでない人

たけのこ掘り

笑顔いっぱい
土の中の水の底にもぐってしまった
岩に砕ける水　幾筋か
口笛のうまい男だったが
人の声を残すことをしなかった
黄色いたけのこの嘴
彼の思いもの
聞いてみたところで
やわやわ降り積もった笹の葉の幾年か
これまでどおり朽ちてゆく
――俺は決めたぞ　地に――

地に伏した顔を思いだしてみるのだが
笹の葉音がさあーと渡って
鶯の飛影
竹林はほんのひと塊
足音も
口笛も
聴こえない
韋駄天のごとき
日のあった口笛のうまい男だったが
あの男は何もなさなかったのか

竹の秋に　土を踏むのだけれど
やわやわ降り積もった笹の葉の幾年か
捕まらず踏み込むのだけれど
嘴に　ようやく

長靴の裏をつつかれる　けれど
黄色いたけのこのそんな場所に　あの気配はない
この地に存在したこともなかったあわいで
どこへあの男は行ったのか
消えた地はここだったが

風のくる道を

人を知らずに風がくる
道を知っているのですか

あなたの隣にあなたを思うことなくいっとき
座る人にあなたは出会いました
そのあとで会っても互いに気づかない
そんな人がいました
短い時間に多くの人と出会い
短くことばをかわした人がいました
つきなみな挨拶でした　用事をたし
あとは笑顔
それはあなただったのですか

あなたは風の来る道を知っているのですか

ところで
風がくるあの日を
ここで過ごした人はいたのでしょうか
あなたはここにいたのでしょうか
あの日はありますが　金木犀に野うさぎ
夕陽に燃える紅葉に髪のひとすじの流れ
顔もことばも思いだせない
それはあなたの髪に見えてきます
あとは笑顔
やはりあなたと呼びましょう

人は人を思わずに
風のくる道を歩きつづけられないようです

まちだ

まてない
町田はまちだなぁ
やっぱりまちだなぁ
裾部分を切り取ったなぁ
山に帽子をぽぽん
どこへおでかけぽん
まちがゆらっときたら
帽子がぽぽぽんぽーん
山風で　ゆらっととどまり
落ちそうな具合でぽやっ
自慢そうに気取ってぽふん

内心　ひやひや
午前の陽をお家にうらら
平らになるまちだに向かっていく
どうしてか
青い空などうっかり忘れ　人の流れに
ついていく
わたしも人だなあ
みんなたいがい二本足で
車の流れの脇をいく
山裾かがりの辺でもそうそう水は拾えない
車の道に車がなければ
向こうが近くなるのになあ
けれど町田はまちだ　まもなく
崖を立たせた道をひとりふたりがぽろぽろ歩く
わたしの家の近くはこの人たちふうにぽろろっぽろ
崖の赤土がこぼれるよ

時がくるまで

一九〇〇何年か　あの戦争も過ぎ　ケベック州で太陽嵐により停電
今では太陽嵐の予報をする　宇宙の天気予報をする
人はコロナ　プラズマの放出を観測して出す

一日に一億五千万キロをやってくる太陽嵐

詩はことばに生まれるのにある人生の中ほどを過ぎた
まだ若いがようやく文字で披露され歳をとる
満ち足りた記憶にせかれ
一日に一億五千万キロをやってくる嵐に会いに

何かのためにあるのはこの身体ばかりに思える
一日に太陽嵐は一億五千万キロをやってくる
人は灰になって何の養分になるだろう
花びらのうつる鏡で眉をかく

二〇一一年　福島で原発事故が起きた
地震と津波の直後に言えないで
まして人のなせる部分を言えないで
想定外と言う　あれから　人は幸せを感じられるか

爆破エネルギーは空に向かっているだろう
そしてわたしはあなたに向かって歩いている
けれど死に向かってたやすく進めない
辞典は理解を囲む　思いを拒む

人間よ　ほかに何を創造したい
太陽嵐により停電　こちらでは原発事故
わたしたちは悲しみを創造したいのかい
わたしは正直でなくなりかける
わたしはほしいものが言えない

どれほど長く歩いてわたしがいるか知れない人が言う

ある一日

昨夜は暴風雨だったね
今朝は燃えるものがすっかりなくって
だったら空を燃やそ　きんきらきんきら

まず　人に会わない
これが孤独だねぇ
トンティンブルーの花の消えたところで
残り風が静まり
朱色の千両を
黄色いセーターの女の人が
自転車に乗ってきて

見た
嬉しそうに会釈した
一度も見たことがない顔だ
中学校に行くのだろう
ここは一本道だってことだ

電信柱の影の先から自転車の反対方向に
わたしが滑り込むと
秋はすっかり軽かった
影はいくぶん肥えて
わたしは背が高くなった感じがする
ひょいと前の　土手によじ登り
話し声のする家の前を通ると
女と男が低い声でハミング
猫の話かしら
何かを褒めている

万歩計を見て　駅前を行ったり来たり
一日がありすぎて
梨を食べたが梨が大きすぎて
半分残すつもりが半分が分からなくなって
お腹がくちくてたまらないのに
空にはちぎれ雲

暑くなる

この五月に
わたしがいた
空でじっとしているように見える雲が
杉の末に被さり　わたしがいた

雲のかたちはいつのまにか
見えない空で破れ　破れ目を空が埋め
確かに青く　広がってきた

生きていくのはありふれた努力になった
生きていくことだけに消費され

わたしの活力は自由になった

陽が落ちる
ちらり緩む襟
緑色の山百合の蕾の
一枚一枚に陽色の指さき
夏の合わせ目をほどく徴し

なじんだ身体がこう言っている
生きていくのは考えることじゃあない
生きていくのは軽く空を持ち上げることだ
生きていくのは難しくない

風が暗い木の間で生まれを装い直し
姿をいさんで　庭を漕ぐ

伝えるってこと

波を伝える　物から物へ　出来事から出来事へ　子等は砂遊び　始めたと思ったらひとり残らずたちまちいなくなって物陰に隠れる　梅の枝をちょんちょんつつくようによくあきもせずに　そのメジロや四十雀もあれ　飛び去った　林の奥に　何があったわけでもない　恐れるものもいなかった　陽はぽろぽろぽろぽろ　小鳥たちの仲間のように木々をついばんでいた　その幸福を不意に手放し飛び去った　幸福すぎたからあなたは退屈な家だと言った　波の音が毎日聞こえるだけの　家しかないんだよ　世間はこんなに広いのにとあなたが言わなくてもわかるけれど　わからない　あなたがその幸福にあきるのが

街から街へ　道から道へいつも行けるわけじゃない　だけど結局はわたしたちは　文明人は　道がないと歩けないみたいだ　海から海には行けないでしょ　陸のどんづまりであなたは貝を拾った　毎日毎日　海からもらった　人からもらえない言葉を

あったかい掛け値なしの言葉を　あなたはくれてわたしは話を聞いた

わたしの家は　生まれた家のことだよ　それは海の崖っぷちにあった　そういうことだ

わたしのことは忘れてもらうんだ

昼は太陽から太陽へ　夜は月から月へ　そしてあんたはどこからどこへ行くんだい

風から風へ　それも悪くない

波が荒い　風が強い　波がめちゃくちゃに話すから話したいことがわからない　怒りと悲しみだけが聞こえる　伝えるってこんなことでいい　かって言葉を我知らず習い覚えたその喜び　伝わるような話し方ができるという可能性への　人生に明日を明日と置けることだった　伝えるってこんなことでいい　あなたがどこからどこへ　どんな名前から名前へ歩いているか　風を気にしてはすぐ隠す　隠しては尋ねる　尋ねても返ってこない　空に吸いこまれたのか　海に落ちたのか　だれかと夢中で遊んでいるからか　伝えるってこんなことでいい　わたしは今　詩を書いているよ

輝く背中を

それは地上のものをその背中へみちびく　ついさっきまで互いの正面ばかりさがした
きみとわたしの出会いも背中を見いだされ　ここに満足する　だれかが　すこし後ろ
かずっと後ろか　ともかく後ろでどんな魂胆で　わたしたちの背中に魅入ろうが　そ
れはとてもささいなこと　背中を見いだされたわたしたちの　他者同士がつらつらつ
らなる心地よさ　身体という確かさできみに区切りをつけ　一瞬呑まれ　すかさず逃
げる　きみも
甘美な思いを　甘露な味わいを　一時を酔う動きを　それにすぎない　ただそれに
はなから承知する　他者同士でずっといる　どこまでも　あの背中が輝くものに近づ
けないまま　仕方がないね

さらに後ろでも　だれかが　わたしより小さな声で　仕方がないね

その名前をほしいと思わない　そのだれかにわたしの名前は何をこころみよう　背中が輝くものの背中を見る　彼らは見るにちがいない　わたしの背中の入江も
そうして　この時間だけ　わたしときみはわたしたちの時間を　その輝く背中に渦を巻きながら吸われる
しゃんとした背中は　しゃんとしたまま潤い　眠るような幻想にひたるような　ここ
ろを放りだしたような物を思わない幸福　そこにいる　心地良いのだ　快楽なのだ

時々囁きあう　いいね　まだ時間がある

名前がいらない背中をならべ　背中を張るしぐさは樹のよう　寄りかかりようもない
空に生きる　撓むときも姿をただすときも　背中が割れ　燃え　黒くこげ　やがて冷たくなる　わたしたちは明らかに思う　わたしたちが何者で何を求めていたのかを
他者同士は　眠る　ときも目覚める　ときも　他者同士でいるね　そのことを自分た

ちの初出の決断のように受け入れよう　そうして　きみとわたしのそれぞれのしぐさ
はいつ言葉に変わるのか　不足のない　ああ　そこにはわたしとわたしたちがいる
きみたちとわたしたちがいる　わたしは話す　言葉を思い出せない日も　わたしたち
の背中に　今日のようにみちびかれる　あの存在へ　背中が輝くものへ

関 中子（せきなかこ）

一九四七年神奈川県生まれ。
一九九五年年から詩を書き始める。詩集に、『忘れられない小鳥』『しじみ蝶のいる日々』『詩話 夏のひかり』『愛する町』『空の底を歩く人』『三月の扉』『沈水』『関中子詩選集一五一篇』など。
日本現代詩人会、日本詩人クラブ、横浜詩人会、関西詩人協会、日本文藝家協会会員
個人誌「小さな森」主宰、詩誌「回游」「ＰＯ」「オオカミ」同人

誰《すい》何《か》

著者
関《せき》 中子《なかこ》

発行者
小田久郎

発行所
株式会社 思潮社
〒一六二－〇八四二 東京都新宿区市谷砂土原町三－十五
電話 〇三（五八〇五）七五〇一（営業）
〇三（三二六七）八一四一（編集）

印刷・製本所
創栄図書印刷株式会社

発行日
二〇二一年六月十八日